Marjane Satrapi
Huhn mit Pflaumen

Edition Moderne

Marjane Satrapi in der Edition Moderne:
Persepolis Band 1: Eine Kindheit im Iran (2004)
Persepolis Band 2: Jugendjahre (2004)
Sticheleien (2005)
Huhn mit Pflaumen (2006)

ISBN 978-3-03731-006-9

© 2003. Marjane Satrapi & L'Association. All rights reserved.
Published by arrangement with L'Association

© Verlag bbb Edition Moderne AG 2006, 2009 für die deutschsprachige Ausgabe

Edition Moderne, Eglistrasse 8, CH-8004 Zürich
post@editionmoderne.ch
www.editionmoderne.de

Übersetzung aus dem Französischen: **Martin Budde**
Lektorat: **Jutta Harms**
Lettering: **Michael Hau**
Redaktion, Bildbearbeitung: **Anja Luginbühl**
Gestaltung: Roli Fischbacher
Druck: **fgb · freiburger graphische betriebe**, D-79108 Freiburg

2. Auflage: 4. bis 5. Tausend

Für die finanzielle Unterstützung danken wir dem Edition Moderne Fanclub:
Christoph Asper, Gerold & Gaby Basler-Bolle, Lukas Bothe, Wolfgang Brüggemann, Georg Burkhalter, Jürgen Grashorn, Beatrice Hauri & Werner Beck, Hans-Joachim Hoeft, Thomas Huber, Stephan König, Axel Laimer, Claude Lengyel, Marius Leutenegger, Dirk Niewöhner, Sara Plutino, Alfred J. Schuh, Aloys Stary, Hartwig Thomas, Roman Tschopp, René Zigerlig.

Marjane Satrapi
Huhn mit Pflaumen

Edition Moderne

* KHAN BEDEUTET HERR, MEISTER   ** EIN IRANISCHES PERKUSSIONSINSTRUMENT

* ACHTER IMAM DER SCHIITEN ** IRANISCHER DICHTER (1048-1138), AUCH OMAR HAYYAM, CHAJJAM

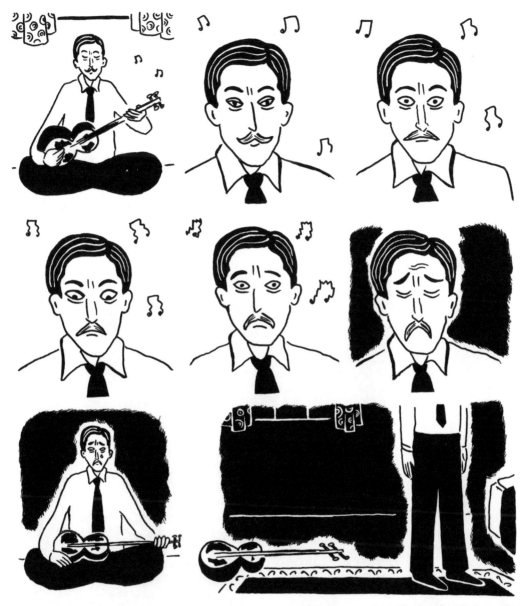

DA IHM KEIN EINZIGER TAR FREUDE AM SPIELEN VERSCHAFFEN KONNTE, BESCHLOSS NASSER ALI KHAN ZU STERBEN. ER LEGTE SICH IN SEIN BETT...

15. NOVEMBER 1958. NASSER ALI KHAN HATTE ALSO BESCHLOSSEN, SEINEM LEBEN EIN ENDE ZU SETZEN. ER DACHTE ÜBER DIVERSE METHODEN NACH, WIE MAN DIES ANSTELLEN KÖNNTE.

ER KAM ZU DEM SCHLUSS, DASS ES BESSER WÄRE, DER TOD KÄME ZU IHM.

AN DIESEM TAG GEGEN 16 UHR KAM SEINE EHEFRAU NAHID, VON BERUF LEHRERIN, MIT IHREN DREI ÄLTESTEN KINDERN MINA, REZA UND FARZANEH VON DER SCHULE ZURÜCK.

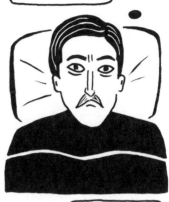

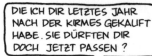

VON SEINEN VIER KINDERN WAR IHM FARZANEH DIE LIEBSTE. SEIN SPEZIELLES INTERESSE AN DER MORPHOPSYCHOLOGIE LIESS NASSER ALI KHAN VERMUTEN, DASS SEINE PHYSISCHE ÄHNLICHKEIT MIT SEINER JÜNGSTEN TOCHTER DIE VERWANDTSCHAFT IHRER SEELEN BEWIES. UND ER HATTE NICHT GANZ UNRECHT. SIE WAREN BEIDE RECHT INTELLIGENT, LEBHAFT UND SPIRITUELL. ICH ERINNERE MICH AN 1998, ANLÄSSLICH EINES MEINER BESUCHE IN TEHERAN:

ZWEITER TAG

16. NOVEMBER 1958

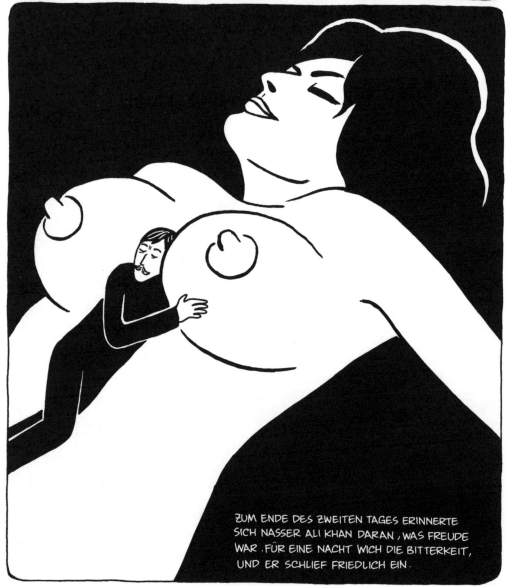

* IM JANUAR 1936 VERBOT REZA SCHAH DAS TRAGEN DES SCHLEIERS IM IRAN.

18. NOVEMBER 1958

KEIN ANDERER TAG IM KURZEN LEBEN NASSER ALI KHANS WAR SO DÜSTER WIE DER 18. NOVEMBER. NICHT NUR HATTE ER SICH AM ABEND ZUVOR HEFTIG MIT SEINER FRAU GESTRITTEN, IN DEN VIER TAGEN, SEIT ER AUF DEN TOD WARTETE, HATTE OBENDREIN NUR SEINE JÜNGSTE TOCHTER FARZANEH IHM EIN PAAR MINUTEN IHRER ZEIT GEWIDMET. DIE UNDANKBARKEIT SEINER ÜBRIGEN DREI KINDER ENTTÄUSCHTE IHN ZUTIEFST.

ABER GEGEN ABEND HATTE ER SEINE MEINUNG GEÄNDERT. ÜBERZEUGT DAVON, DASS SEIN ENDE NAHTE, SAGTE ER SICH, DASS ES BESSER WÄRE, IHNEN DAS BILD DES GÜTIGEN UND WARMHERZIGEN MANNES ZU HINTERLASSEN, DER ER JA ALLES IN ALLEM AUCH WAR.

MOZAFFAR VEREINTE ALLES IN SICH, WAS NASSER ALI KHAN MISSFIEL.

DAS SCHICKSAL SOLLTE NASSER ALI KHAN RECHT GEBEN:
MOZAFFAR WURDE TATSÄCHLICH WEDER SCHLANK, NOCH KÜNSTLER ODER GAR SELBSTMÖRDER,
JA, NICHT EINMAL MELANCHOLISCH UND MISSMUTIG.
1975, IM ALTER VON 22 JAHREN, HEIRATETE ER EINE GEWISSE GILA, DIE MIT IHM ZUSAMMEN
BETRIEBSWIRTSCHAFT STUDIERTE.

IM JAHR 1979, ZUM ZEITPUNKT DER IRANISCHEN REVOLUTION, ARBEITETE MOZAFFAR ALS BETRIEBSWIRT BEI DER ARMEE, UND SEINE FRAU WAR BUCHHALTERIN. ALLES LIEF BESTENS. GILA WAR ENDLICH VON DER FAMILIE IHRES EHEMANNES AKZEPTIERT.

1980 ABER BRACH DER KRIEG AUS, UND ES WAR VORBEI MIT DER HERRLICHKEIT.

ANGESICHTS DER TATSACHE, DASS MOZAFFAR FÜR DIE ARMEE ARBEITETE, WAR SEIN LEBEN ERNSTHAFT IN GEFAHR. ALSO VERLIESS ER DEN IRAN IN BEGLEITUNG SEINER FAMILIE UND ZOG IN DIE USA.

SO LIEF ALLES BESTENS IN DER BESTEN ALLER WELTEN... ABGESEHEN DAVON, DASS IHRE KINDER ERNSTE PROBLEME MIT ÜBERGEWICHT HATTEN.
MOZAFFAR UND SEINE FRAU, IM IRAN EHEDEM SCHON FÜR DICK GEHALTEN, WIRKTEN MAGER, VERGLICHEN MIT IHNEN.

ALS DIESELBE TANTE MOZAFFAR FRAGTE, WIE ES MÖGLICH GEWESEN SEI, DASS ER DIE SCHWANGERSCHAFT SEINER TOCHTER NICHT BEMERKT HABE, ANTWORTETE ER OFFENBAR, DASS ES SCHWIERIG GEWESEN WÄRE, EINEN VIER-KILO-FOETUS UNTER ZWEIHUNDERT KILO FLEISCH ZU ERKENNEN.
DIE TANTE FÜGTE HINZU: „ICH BIN MIR SICHER, DASS NICHT MAL MEINE NICHTE BESCHEID GEWUSST HAT."

NASSER ALI KHAN AHNTE NICHT, WAS FÜR EIN GLÜCK ER HABEN SOLLTE, BEREITS VIER TAGE SPÄTER ZU STERBEN. HÄTTE ER DIE GESCHICHTE VON MOZAFFAR UND SEINER TOCHTER GEKANNT, SO WÄRE ER SICHER AN KREBS ERKRANKT, UND DAS HÄTTE ZWEIFELLOS EINEN LANGSAMEREN UND WEITAUS QUALVOLLEREN TOD BEDEUTET.

AM MORGEN DES FÜNFTEN TAGES SPÜRTE NASSER ALI KHAN, DASS DER TOD NICHT MEHR ALLZU FERN WAR. ER DACHTE AN ALL DIE VERSTORBENEN, AN DIE, DIE ER GELIEBT HATTE UND DIE VERSCHWUNDEN WAREN, ALS HÄTTE ES SIE NIE GEGEBEN.
PLÖTZLICH BEMERKTE ER IN DER MENGE SEINE MUTTER.

NASSER ALI KHAN GEHORCHTE. ER KAUFTE EINIGE STANGEN ZIGARETTEN UND BRACHTE SIE SEINER MUTTER. ER BETETE NICHT WEITER FÜR SIE UND SPIELTE JEDEN TAG SEINE MUSIK, VON SONNENAUFGANG BIS UM MITTERNACHT.

ZWISCHEN DEM ZEITPUNKT, AN DEM NASSER ALI KHAN AUFHÖRTE ZU BETEN, UND DEM ABEND, AN DEM SEINE MUTTER IHREN GEIST AUFGAB, VERGINGEN GENAU SECHS TAGE.

ALS MAN IHREN LEICHNAM FAND, WAR ER ANGEBLICH IN EINE DICHTE WOLKE AUS RAUCH GEHÜLLT.

DIE BEISETZUNG FAND ZWEI TAGE SPÄTER STATT. DIE FAMILIE DER VERSTORBENEN, SÄMTLICHE DERWISCHE* TEHERANS SOWIE DIE RAUCHWOLKE WAREN ZUGEGEN.

DIE ANSICHTEN ÜBER DIESE DICHTE DUNSTGLOCKE WAREN SEHR UNTERSCHIEDLICH.
DIE RATIONALISTEN MEINTEN, ES HANDLE SICH UM DEN ZIGARETTENQUALM, DER AUS IHREM KÖRPER AUSTRAT, OBWOHL SIE NIE WISSENSCHAFTLICH ERKLÄREN KONNTEN, WIE ES MÖGLICH SEIN SOLLTE, DASS EINE LEICHE NOCH AUSATMETE.
DIE DERWISCHE HATTEN EINE GANZ ANDERE, WEITAUS MYSTISCHERE AUFFASSUNG DAVON.

* SUFISTISCHE MYSTIKER   ** POL ODER FOKUS, AUF PERSISCH „GHOTB", OBERHAUPT EINER GRUPPE VON DERWISCHEN

* MOSCHEE DER DERWISCHE

* DJALAL OD-DIN-RUMI, IRANISCHER DICHTER (1207-1273), SÄNGER MYSTISCHER LIEBE UND GRÜNDER DES SUFI-ORDENS DER MEWLEWIJE (BEKANNT ALS „TANZENDE DERWISCHE")

FÜNF TAGE WAREN VERSTRICHEN UND NASSER ALI KHAN STELLTE SICH VIELE FRAGEN:

ER KAM ZU DEM SCHLUSS, WENN DER TOD NOCH NICHT EINTRETEN WOLLTE, DASS VIELLEICHT IRGENDJEMAND FÜR IHN BETETE, DAMIT ER WEITER LEBTE.

AM ABEND DIESES 19. NOVEMBER LASTETE EINE DÜSTERE STILLE AUF SEINEM HAUS.

NASSER ALI KHAN HATTE RECHT.
JEMAND BETETE FÜR IHN.

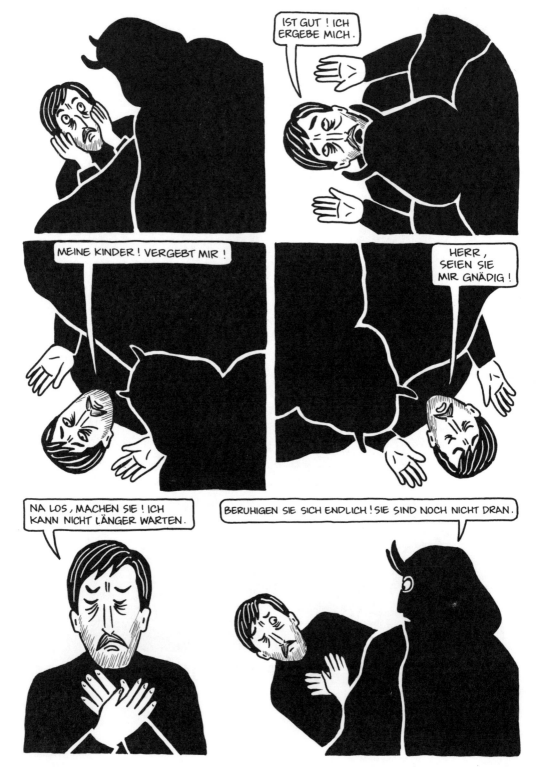

- NAHID! WO IST NASSER ALI?
- IN SEINEM ZIMMER.

- NASSER ALI!... NASSER ALI!
  ANTWORTE MIR...

- PARVINE! BIST DU DAS?
  ICH HABE DICH SO LANGE NICHT
  GESEHEN...

- ICH WEISS... ICH WAR AUF REISEN... ICH...

- ABER PARVINE, ICH BEKLAGE MICH NICHT.

- NASSER ALI, ICH LIEBE DICH SO SEHR.

- ICH AUCH, KLEINE SCHWESTER, ICH
  LIEBE DICH AUCH.

- ICH WERDE NIE DEINE BEDINGUNGSLOSE
  UNTERSTÜTZUNG FÜR MICH VERGESSEN, ALS ICH
  MICH SCHEIDEN LIESS. ICH WERDE NIE
  VERGESSEN, WIE DU MICH GEGENÜBER DER
  GANZEN FAMILIE VERTEIDIGT HAST.

- DU WARST SCHON IMMER SEHR MUTIG. ICH
  HABE NICHTS DAZU BEIGETRAGEN.

- SAG DAS NICHT, NASSER ALI. OHNE DICH
  HÄTTE ICH ES NIEMALS GESCHAFFT.

- ICH WOLLTE NUR NICHT, DASS DU MIT EINEM
  MANN ZUSAMMENLEBST, DEN DU NICHT
  LIEBST. ICH WOLLTE NUR NICHT, DASS DU
  DEIN LEBEN VERPFUSCHST.

- ES IST DIR GELUNGEN.
  ICH BIN GLÜCKLICH...

- ES FREUT MICH SEHR, DAS ZU HÖREN...

... SO BIN ICH WENIGSTENS ZU ETWAS NÜTZLICH GEWESEN.

Marjane Satrapi in der Edition Moderne

Persepolis

Band 1: Eine Kindheit im Iran
ISBN 3-907055-74-8
164 Seiten, s/w, Hardcover
22 Euro / 39.80 sFr.

Band 2: Jugendjahre
ISBN 3-907055-82-9
192 Seiten, s/w, Hardcover
26 Euro / 45.- sFr.

Persepolis ist einer der meistdiskutierten Comics der letzten Jahre, wurde international über eine Million Mal verkauft und an der Frankfurter Buchmesse 2004 als ‹Comic des Jahres› ausgezeichnet.

„Sie zeichne, sagt Marjane Satrapi, ihre Familiengeschichte nicht für iranische Leser, sondern für jene westliche Welt, die gewissermassen vor lauter Kopftüchern die Vielfalt der realen Gesichter des Iran nicht sehe." Ijoma Mangold, Süddeutsche Zeitung

Sticheleien

ISBN 3-907055-97-7
136 Seiten, s/w, Hardcover
18 Euro / 29.80 sFr.

Nach einem guten Essen im Hause Satrapi begeben sich die Männer zum Mittagsschlaf, die Frauen ziehen sich zum Samowar in die Küche zurück. Endlich unter sich, reden sie frisch drauflos, ganz nach dem Motto „Über andere zu reden verschafft dem Herzen Luft".

„Marjane Satrapi hasst die Klischees über ihre Heimat. Der Westen sehe nur den Tschador und wisse nichts von der stolzen iranischen Kultur." Matthias Nass, Die Zeit